KB272010

등꽃 아래

등꽃 아래

등꽃 아래

초판 1쇄 발행 2026년 3월 31일

지은이 김신용
펴낸이 강수걸
편집 이소영 강나래 오해은 이선화 이혜정 박재화 이채연
디자인 권문경 조은비
펴낸곳 산지니
등록 2005년 2월 7일 제333-3370000251002005000001호
주소 부산시 해운대구 수영강변대로 140 BCC 626호
전화 051-504-7070 | 팩스 051-507-7543
홈페이지 www.sanzinibook.com
전자우편 sanzini@sanzinibook.com
블로그 http://sanzinibook.tistory.com

©김신용
ISBN 979-11-6861-654-7 03810

산지니시인선 025

등꽃 아래

김신용 시집

산지니

시인의 말 하나

가을밤을
맑고 청량하게 하는 것은
작은 이슬과
풀벌레 소리이다.

이 여린 것들이 모여
가을밤을 더욱 맑고 투명하게 한다.

여기 놓인 짧은 시편들도 그랬으면 좋겠다.

차례

제3부

제4부

제1부

물의 지문

빗방울이 만들어 내는 동심원들, 작은 파문들

마른 풀의 눈시울을 적시는, 물의 숨결들—.

가시의 시

탱자나무의 가시는 굵고 날카롭다. 담장에 꽂힌 유리 조각, 얽힌 철조망 같다. 그러나 그 가시가 날카로운 것은 무엇을 찌르기 위해서가 아니라, 스며든 물기 한 줌 햇살 한 톨

오래 간직하기 위함이니

열매 하나 따뜻이 익히기 위함이니

그늘 소묘

등나무 그늘은

짙다

빽빽한 육필이다

온 육신을 비튼 사유가 길어 올린

혼의,

자서전이다

등꽃 아래

저 등꽃, 환하다.

제 그늘 너무 짙어 등 하나 켜 놓은 것 같다.

빈자(貧者)의 일등(一燈)도 저와 같을까?

대낮에도 밝게 켜 놓은

저 등, 아래 서면

그래, 누군가 발 헛디딜 이 없겠다.

깃털의 꿈

저기, 깃털 하나가 물 위에 떠 있네

마치 물의 날개 같네

흐르면서 제 족적을 지우는

물의 몸통에 꽂혀

세상에 버려진 삶은 없다는 것을

꼭 기억하려는 듯이—.

둥지의 시

옹이가 빠진 뒤의, 저 나무의 빈 구멍. 그래, 한때 이것은 상처였다. 달빛 한 점 흘러들지 않는 빈집이 었다.
그러나 언제부턴가 새 한 마리 찾아들었고

그것은 숨결이었다.

빈 목관에서 차오르는 음악이었다.

밤과 사물 1

문득 울고 싶어질 때가 있다. 캄캄한 밤의 어둠 속에서 한 줄기 빛을 보았을 때다. 그 빛이 살아 있는 사물의 형상으로 눈앞에 떠오를 때다.

그 빛의 얼굴을 본 순간,
살아 있다는 것의 의미가

울컥, 명치끝을 치밀어오는 것이다.

밤과 사물 2

  캄캄한 우주의 공간을 쉼 없이 걸어오는 빛의 발자
국을 상상해 보는 순간이 있다. 그 칠흑의 어둠 속에
서 하나의 형상을 위해 걸어오는

  빛의 발자국들,

  숨이 멎는 듯한 순간의, 그 빛의 산란들—.

꽃의 크레인

　크레인을 보면, 무거운 돌의 무게도 가볍게 들어
올리는 쇠의 팔뚝을 보면, 마치 나비의 유전자를 가
진 것 같다. 어떤 중력도 가볍게 파동치게 하는, 공기
의 근육을 가진 것 같다.

　그래, 오늘도 꿈을 짓누르고 있는 현실의 두께 같
은 암반을 들어 올려, 아득한, 깊이 모를 바닥의 심연
에서 거대한 삶의 이미지를 끌어 올리는

　상상력의 눈빛을 닮은,

　저 크레인을 보는 것은—.

다리미의 생

다리미는 몸속에 뜨거운 숯불을 담고 일생을 살아간다. 그 숯불로 자신을 달구어 세상살이의 온갖 구김살들을 편다. 몸속의 뜨거운 숯불이 자신의 살아 있는 삶의 징표인, 다리미. 만약 몸속의 숯불이 꺼지면 스스럼없이 마루 밑이나 구석진 곳의 적막 속으로 걸어 들어가 고요히 녹슬어 간다.

마치 불이 아니라 불(佛) 같은, 저 다리미의 숯불―.

그 숯불을 담기 위해, 오늘도 제 몸은 닳아 가면서도 그의 눈은 빛난다.

물의 문신

물에도 숨결이 있다. 눈빛이 있다. 물의 주름이 아니라, 빗방울이 만들어내는 동그란 파문 같은 것이 아니라, 수면에 드리워진 나무의 그림자, 구름들, 물끄러미 들여다보고 간 누군가의 얼굴이다.

그것들은 물에 젖으면 녹아 없어지는 소금처럼 물의 흐름 속에 지워지지만, 수면에 떨어진 나뭇잎 하나의 기억으로 마치 아픈 문신이듯, 물의 내면에 새겨져 있다

물의 숨결을 닮은, 눈빛을 닮은

그 한 잎의 기억은—.

겨울의 선(線) 1

씨 다 떠나보낸 뒤, 물기 하나 없이 마른 강아지
풀들
살 다 주고 오직 뼈만 남긴 몸의 골격미(骨格美)
같다

수고했다. 수고했다

서로의 뼈를 한없이 쓰다듬는, 그 손길 같다

겨울의 선(線) 2

바람에 흔들리는 마른 풀들의 곡선, 꼭 수의의 춤
을 닮았다. 풀의 실로 짜여져, 삭으면 곱게 흙으로 돌
아가는

흙으로 돌아가, 한없이 평화로운

그 옷의 춤을 닮았다.

빈 껍질

늦여름, 풀숲에 벗어 두고 간

저 매미의 허물들

마치 빈둥지증후군 같아서

홀로 남은 마음의 상처 같아서

오늘도 산길을 걷다 가만히 들여다보네.

한 생을 완성하고 자신은 빈 껍질로만 남긴

저 꿈의 거푸집을—.

돌꽃

돌도 꽃을 피운다.
돌이 꽃을 피우니 두꺼비를 닮았다고?

원 농담도 잘하시네.

지금 내 몸에 핀 것은 온통 열꽃이라구요.
의식의 밑바닥에서 떠오른,

그리움의 무늬 같은—.

숨터

저기, 돌의 벽을 뻗어가는

붉은 장미의 넝쿨,

꼭 마그마 같다. 불의 고리 같다.

깊은 지층에서 솟구쳐 올라 닫힌 돌의 문을 열고

뜨거운 숨결을 터트리게 하는,

그것이 꼭 살아야 할 자신의 삶인 것처럼.

감자꽃 소묘

감자꽃을 보면
흰 베옷을 입은 듯 담백하다.
꽃대는 여리고 가늘다.
그 감자 꽃밭에 서면,
이미 씨눈을 가진 구근을 위해
작은 바람결에도, 스스로 꽃대를 꺾는
적화(摘花)의 몸짓들로 만개해 있다

색 계

티 하나 없이 맑은

희디흰 꽃을 보면, 도무지 언어로

표현하고 싶지 않은 것이 있다.

말이 닿으면 더럽혀질 것 같을 때가 있다.

그 알몸의 색채에 감전돼,

숨이 멎는 듯한, 순간―.

육필의 서(書) 1

등나무는 왜 제 몸을 뒤틀고 비틀며 기어오르는가? 그렇게 혼신으로 생을 살 때, 아름다운 꽃 한 송이 피울 수 있다는 뜻일까? 그늘 한 뼘 직조할 수 있다는 뜻일까?

그러나 고목이 된 등나무를 보면, 전신이 뒤틀린 채 바위처럼 굳은 등나무를 보면, 일생을 노동으로 늙은 몸이 떠오르지만

이 세계를 끌어안고 무겁게 땀 흘린

그 삶의 시간들이, 혼의 근육으로 꿈틀거려—.

육필의 서(書) 2

　돌담을 쌓으면 거기, 담쟁이넝쿨이 기어오른다. 담쟁이는 끈질기게 넝쿨 뻗어 돌담을 껴안고 있다. 돌담 또한 넝쿨이 마음 놓고 발 뻗을 수 있도록 제 품을 활짝 열어주고 있다. 무너지지 않으려고 그렇게 서로가 서로의 벽이 되어주는, 그 혼신의 포옹—.

　그래, 그런 돌담이 없다면 담쟁이넝쿨, 어떻게 바람에 푸른 잎 나부끼리

　돌담 또한 무너지지 않고 몇백 년의 세월을 견뎌왔으리

제2부

새의 집

누가 지어 놓았을까? 숲의 나뭇가지 사이에 얹혀
있는 조그만 새의 집, 판자로 아무렇게나 엮은 너와
집 같지만, 비바람 겨우 막는 지상의 마지막 방 한 칸
같지만

밤이면 불빛 따듯하겠다.

그 체온, 웅크린 난생(卵生)의 몸에 핏줄 돌게 하
겠다.

푸른 손

꼭 바느질 같네.

한 땀 한 땀 돌의 상처를 깁는 손길 같네.

저 어린 담쟁이넝쿨,

오늘도 봄 햇살 가득 머금고

낡고 금이 간 돌의 벽을

기어오르는 것을 보면—.

인동꽃 소묘

인동꽃을 보면, 가늘고 섬세한

그 꽃의 곡선을 보면,

꼭 꽃의 발레 같다.

긴 겨울을 오체투지로 걸어온

그 억센 덩굴로, 봄의 햇살 속에 선

저 인동(忍冬)의 숨결을 보는 것은—

새의 의자

저기, 하천 바닥에 돋아 있는 작은 돌 하나. 물그림
자뿐인 밑뿌리를 움켜쥐고, 오늘도 완강하게 버티고
섰다. 어깨 위에 앉은 새

흔들리지 않게

발 헛디디지 않게

여울

물은 고요히 흐르다가도 돌을 만나면 몸을 일으
킨다.
소스라쳐 몸 일으켜, 온몸 소용돌이치며

돌의 벽을 무너뜨리는 몸짓으로 흐른다.

일렁임, 일렁임들 1

　물속을 일렁이는 것을 보면 꼭 무슨 말을 하고 있는 것 같다. 저마다의 몸짓으로 무슨 말을 건네고 있는 것 같다. 내 슬픔의 눈빛도 저는 알고 있는지 마치 가슴속 울먹임 같은 몸짓을 닮아 있는 물속의 일렁임들

　낮은 바닥에서 더 낮게 고인, 저 눈빛들—

일렁임, 일렁임들 2

41

지난날, 물밑을 어른거리는 잉어를 보며, '몸에 자동기술의 푸른 지느러미를 가진, 물의 만년필'이라고 쓴 적 있다.

오늘, 그 몸짓을 보며 안다.

세상의 모든 것이, 몸에 자동기술의 푸른 지느러미를 가진 존재라는 것을—

불빛 따라

42

미명의, 이른 새벽부터 잠을 깬 청둥오리. 수면에 비친 불빛 따라 열심히 물속의 먹이를 찾고 있다. 그 래, 어디선가 던져진 한 줄기의 빛도

저렇듯 누군가에게는 길이 된다.

삶의 빛이 된다.

투영

    수면에 비친 나무의 그림자가 더 아름다울 때가 있다. 하늘 우물에 고인 듯 아득할 때가 있다. 맑고 투명한 물의 내면에 각인되어 있기 때문이다.

    그래, 물에 비친 것이 어찌 그림자일 뿐이랴. 사는 일이 서로가 물과 그림자로 만나서 서로를 지우며 흘러가지만, 아득한 기억 저편에서는

    또 한 몸으로 흐르는 것을—.

발광체

밤의 수면에서 번져 나오는 빛의 형상들, 마치 물
의 내면에서 떠오르는 의식의 무늬 같다. 아무리 세
상이 어두워도 결코 잠들지 않으려는, 그 눈빛 같다

그래, 물은 결코 '내게 좀 더 빛을!' 하고 손 내밀지
않는다
반사체가 스스로 와서 스미도록 품을 내줄 뿐이다

마치 어두워지면 떠오르는, 물의 영혼인 것처럼—.

밤의 집

먼 강안(江岸)의 불빛을 보며

눈시울이 젖는 것은

존재에의 향수다.

캄캄한 어둠 속에서

한 점의 불빛에 사무치는 것 또한

삶의 눈빛이기 때문이다.

이것이 밤이 떠올려 놓는, 빛의 건축이다.

섬

주머니 속의 송곳은 숨길수록 아프게 찌른다.
마치 빙산의 일각처럼,

보이지 않는 수면 아래의 통증은 무한대다

그것이 그리움이라는 이름의, 섬이다

탄생

알에서 올챙이들이 깨어났다.

마치 빅뱅 같다.

쬐그만 초신성들의 폭발이다.

누가 이것을 한낱 티끌 같다고 하는가?

138억 년 전의 우주도

처음에는 저런 모습이었을 것을

옹이 7

옹이는,

나무의 공중전화기

그 상처에,

가만히 귀의 동전을 넣으면

찰칵!

먼 바다의 속삭임이 켜진다.

옹이 9

옹아, 니 크면 뭐가 될래?
돌멩이가 되고 싶어요
돌멩이? 돌멩이가 돼서 뭐할라꼬?
새를 향해 날아가고 싶어요
새? 새가 무서워서 도망가면 우짤라꼬?
가만히 안아주면 되죠
그래도 새가 아파 울면 우짤낀대?
그러면 새의 뒤만 따라다니면 되죠
남들이 욕하면 우짤끼고? 신문에 나면 큰일 아이
가—
아니요, 신문에는 이렇게 날 걸요.
새를 사랑한 돌멩이라고—

눈사람

눈사람은 추우면 만들어진다.

눈이 내리면 태어난다.

눈사람은 추워 얼수록 단단해진다.

그런 눈사람을 녹이는 것은

작은 입김 하나,

미소 한 조각―.

실버들

　잎 다진 겨울 실버들의 가지들을 보면, 허공에 무수히 돋은 실핏줄 같다. 자꾸만 텅 비어가는 의식의 끝까지 수액을 밀어올리기 위한 실버들의, 그 꿈의 모세혈관 같다.

　겨울빛에도 차갑게 빛나는,

　저 은백색의 모발들은—.

목어(木魚)

목어를 보면

속이 텅 빈 목어를 보면

꼭 제 몸 울려 새를 날려 보내는 손길 같다

보이지 않는 새,

그러나 고해(苦海)의 홍수 속에서

푸른 잎을 물고 올, 새―.

피사체

돌처럼 굳은 아스팔트의 살갗을 뚫고
찰칵, 핏방울이 켜졌다.

내가 환하다.

제3부

母法 1

암컷이 죽으면
수컷이 암컷으로 변해 알을 낳고
새끼들을 기르는 물고기가 있다
흰동가리다
세상에! 같이 살던 암컷이 죽으면
수컷이 암컷으로 변하다니!

이 천의무봉한 자연의 성전환수술—,

집도의도 없는, 수술대에 누운

저 *母法.*

母法 2

겨울인데도 가지에 매달려 있는 나뭇잎들을 보면, 꼭 염낭거미를 닮아 보일 때가 있다. 한 해 동안 쉼 없는 광합성의 노동으로 직조한 초록을 모두 열매에게 입혀주고, 자신의 것이라고는 한 점도 없는 빈 잎새만 남기고도

가지에서 떨어져 내리지 못하고 매달려 있는,

마른 나뭇잎들을 보고 있노라면—.

상상으로 연주하는 피아노

리투아니아의 빌네레 강변에 있는 '우주피스'라는 마을에 가면, 낡고 부서지고 고장 난 피아노가 길가에 놓여 있다. 그 피아노는 누구든 연주할 수 있다. 피아노를 칠 줄 몰라도 자신이 좋아하는 곡을 연주할 수 있다. 그 피아노는 상상으로 연주하는 피아노이기 때문이다. 상상으로 건반을 누르면 악보가 없이도 아름다운 곡이 탄생한다. 모차르트 쇼팽 심지어 존 케이지의 <4분 33초>라는 난해한 곡도 침묵으로 연주할 수 있다. '침묵' 속에서 바람 소리 새소리 바다의 파도 소리를 듣는 귀만 가진다면, 자신의 내면에서 고장 난 건반을 누르는 상상력의 손가락만 돋아난다면.

라쿠카라차

라쿠카라차는, 스페인어로 바퀴벌레라는 뜻. 한때 이것을 '사랑스런 그녀'라는 의역으로 노래하던 때가 있었다. 지은 죄도 없이 미움을 받는 바퀴벌레, 아마 오늘도 지하방 같은 어두침침한 곳에서 자신을 오역(誤譯)으로라도 '아름다운 그대'라고 불러줄 노래를 기다리고 있는 줄도 모른다

라쿠카라차라는 뜻이, 한때는 격변의 시대를 끈질기게 버텨온

가난한 민중들의 의미도 가지고 있으므로—.

넙치

르네 클레망 감독의 영화 <태양은 가득히>를 보면, 가난이 가져다준 욕망 때문에 살인을 하게 된 한 젊은이의 내면을 어시장에 놓인, 그로데스크한, 갖가지 물고기의 표정으로 포착하는 장면이 나온다.

저기, 횟집 수족관 바닥에 엎드려 있는 넙치의 얼굴,

오늘은 어떤 의미의 상징으로 카메라 앵글에 담을 수 있을까?

기도하는 손

오늘, <기도하는 손>*이라는 제목의 그림을 보았다.

그림 아래에는 '그림 공부를 하는 두 젊은이가 있었는데 둘은 하도 가난해서 한 친구는 식당에 취직을 해서 번 돈으로 학비를 대기로 하고 친구를 먼저 대학에 보내고, 그 친구가 졸업을 하면 자신이 대학에 들어가 그림 공부를 하는 동안 다시 그 친구가 취직을 해서 학비를 댄다는 약속을 했는데, 그리고 대학에 먼저 들어간 친구가 졸업을 하고 찾아와 보니 고된 식당 일을 하는 동안 그림을 그릴 수 없을 정도로 손이 거칠어진 친구가 제발 대학에 들어간 내 친구가 아름다운 그림을 그릴 수 있도록 해달라고 두 손 모아 기도를 하고 있는 모습을 보며, 무엇에 홀린 듯, 그 기도하는 손을 그림으로 그렸다는' 일화가 적혀 있었다.

 * 독일화가 알브레히트 뒤러의 작품.

폐가의 꿈

지금 화성시 마도면 석교리에 가면 다 허물어져 가
는 폐가가 하나 있다. 이 폐가의 주인은 구순 노인,
자손 따라 타지의 아파트에 살면서도 문득문득 찾아
와 마당을 쓸고 잡풀을 뽑고 무너진 담장을 고친다.

지나간 시간은 벗어 버려야 할 생의 족적(足跡)인
것을 알면서도

마치 골격만 남은 제 뼈를 어루만지듯

연탄불

지난날, 부산 동광동 산동네에서 연탄 배달을 하던 젊은 시절. 찬 바람이 불어오는 좁고 가파른 골목길이 너무 무거워 연탄 지게를 내려놓고 잠시 쉴 즈음, 한 아이가 갓 구운 고구마 하나를 내 손에 건네주며 부끄러운 듯 웃었다. 그때 내 손에 쥐어졌던 그 따뜻한 온기가 지금도 추운 겨울이면 아궁이의 연탄불이 되어 타오르곤 한다.

헌책방

한때 헌책방 순례가 하루의 즐거움이었던 시절이 있었다. 책읽기의 매혹에 빠졌던 소년 시절, 방학 때가 되면 책들이 무더기로 쌓여 있는 보수동 헌책방 골목을 기웃거리며 아무렇게나 쌓여 있는 헌책들 속에서 그토록 읽고 싶었던 책을 발견했을 때의 기쁨, 마치 돌의 무덤 속에서 벌떡 몸을 일으키는 것 같았었지.

그래, 지금도 길을 걷다가 헌책방 앞에 서면

나도 모르게 가슴이 두근거려진다.

깡통

아무렇게나 뒹구는 것이지만
흙이 담기면
화분이 되어주는
빗물의
그릇이 되어주는

제 속의 것 다 비워주고

언제나 찌그러진 몸짓으로
빈 손바닥만 펴 보이면서도

양파의 시

양파는

한 꺼풀씩 벗기다 보면

언제나 그 끝은, 텅 비어 있다

마치 질문을 요구하는 질문처럼,

끝없이 묻는 것이 답인,

그 생의 질문처럼—.

못의 체위

못은 수직이지만

수평이다

거꾸로 박히기도 한다

그래, 이 다면체의 예각성이

모든 삶의 뿌리이다

둘레춤

너를 살리면
내가 사는

그래서 우리 모두 사는

저 원(圓)의 몸짓—.

수의 1

혹시 남은 게 있어요?

이 옷에는 호주머니가 없어요.

수의 2

풀의 실로 만들어져 삭으면 흔적도 없이 흙으로 돌아가는 것

흙으로 돌아가 다시 풀의 옷이 되는 것

물고기 무덤

물고기의 무덤은 물이다.

물의 눈에도 눈꺼풀이 없다.

물그림자 1

물에 비친 형상은

명명하는 순간, 지워진다

아무런 의미 없음의 의미는

그렇게 물의 그림자로 흘러간다

바라보는 순간의 아름다움,

이름 짓지 않은 것들의 이름—.

물그림자 2

물은 액체성의 몸으로
모든 것을 흘려보내는 것 같지만,
자신에게 비친 모든 것을
있는 그대로 떠올려 준다.

마치 자신의 무의식에 투영된 얼굴인 것처럼

온몸에 문신으로 새겨진,
그리움인 것처럼

풀의 의자

여린 풀잎도 의자가 되어준다.

제 몸 엮어, 흔들의자가 되어준다.

오늘도 그 의자에 앉는 것들

이슬들,

그 맑은 숨결로 목청을 틔운

풀벌레 소리들—.

제4부

연(緣)

연(蓮)을 심으면, 오염된 탁한 물도 맑게 걸러진다.

저 연(鳶)이 핀, 공중의 물빛도 시리도록 맑다.

소신(燒身)

저 연탄 좀 봐! 제 몸 태워 추운 방구들 덥히고

하얗게 재만 남은 몸, 이제 미끄러운 길에 깔렸네.

골목에 대하여 1

골목(楛木)은, 버섯을 키우는 나무. 낮은 차양막 그늘 아래 줄지어 놓여 있는 토막 난 나무들을 보면, 꼭 골목을 닮았다는 생각. 어두워지면 낮은 지붕 아래 따뜻이 불빛 고이듯 버섯이 돋아나는, 또 그 불빛의 균사(菌絲) 따라 도란도란 얘기 꽃 피어나는

꼭 그런 골목을 닮았다는 생각.

골목에 대하여 2

그래, 죽은 나무도 꽃 피운다.

뭉글뭉글 구름 버섯이다.

뿌리 잘리고 몸 토막이 나도

그 몸이 토양이 된 나무,

마치 소신공양 같은, 골목(榾木)이다.

어떤 삶

절벽 바위틈을 꾸불통 파고든, 저 나무. 뿌리는 상처투성이지만, 맨몸으로 바람을 맞으며 골격만 남은 야윈 몸이지만, 그렇게 암반의 무게에 짓눌려 허리 꺾여 일생을 보냈지만

마치 내 생이 바위에 구멍을 뚫는
착암기 같았지! 하며 씩 웃는 표정 같다.

그래, 그런 나무의 뿌리가 바위도 갈라지게 한다.

쇼윈도

옷은 있는데 사람이 없다. 모자와 신발은 있는데 얼굴이 없다. 허상을 장식하기 위한 장식들, 쇠의 등뼈로 직립해 있는, 공허들—.

그러나 헌옷전*만 보면 요즘은 빈티지가 유행이라며

발걸음을 멈추는, 그 가난한 마음들을 장식해 주고 싶어진다.

 * 오래되고 낡은 의류를 파는 가게

붕어빵

틀 속에서 구워지고 있는 붕어빵들,
오늘은 몇 개가 구워져 나왔을까?

하루하루가 똑같이 생긴, 또 하루에의 꿈들—.

한 끼의 식사

얕은 여울물에 발 담그고 있던 어린 해오라기가 지
금 입에 문 것, 그래, 저것은 편의점의 컵라면이 아니
다. 걸어가면서 먹는 김밥이 아니다. 물속을 어른거
리는 나뭇잎 같은 것들이, 살아, 지느러미 파닥일 때

마치 전율처럼, 전신을 휘감는

혼(魂)의, 밥이다.

부릅뜬 눈

옹두리를 보면, 잘린 가지의 자리에서 굵은 옹이로 맺혀 마치 퉁방울눈처럼 불룩 튀어나와 있는 옹두리를 보면, 꼭 해치의 눈 같다. 이 화천대유의 시대에, 공정과 정의는 과연 있는가?

자신의 식물성을 벗고, 눈 부릅뜨고 바라보고 있는

그 형형한 돌의 눈 같다

나무의 뿔

나무에게도 뿔이 있다

무소의 뿔처럼 생긴 뿔이 있다

고목의 뿌장귀를 보면 안다

자신의 식물성은 지우고

서릿발 같은, 눈빛만 남겨 놓은

그 뿔의 형상—.

망각

망각은, 기억의 피를 빨아먹고 사는 빈대

그 흡반은, 돌에 붙어 돌의 피도 빤다

소금의 집

벌판에서 무너지고 있는 낡은 소금창고에 가보면 벌레 한 마리 살지 않는다. 흔한 거미 한 마리 없다. 소금의 방부제를 가구로 들여놓았기 때문이다. 오랜 세월, 풍화에 삭고 있어도 결코 썩지 않는, 소금의 집

오늘도 폐허의 꽃처럼 서 있다.

의자

의자는, 사람이 앉을 때 의자가 된다.
사람의 체온으로 젖어 있을 때
의자는 제 얼굴을 지닌다.
저기, 사람의 발길이 끊어진 의자 하나
이제는 낡고 퇴락해 있으면서도
사람이 버리고 간 흔적 하나에도
저렇듯 간절한 몸짓을 내비치고 있다

하루의 꿈

오늘 한 뼘을 쌓았다,
내일은 또 몇 뼘이 쌓일까?

가을비에 젖고 있는 고물 리어카 위의, 저 폐지들—.

날인(捺印)

저것은 누구의 지문일까?

마치 열정페이처럼,

누구 하나 쳐다보는 이 없어도

스스로 타오르는 땀방울인 것처럼

겨울의, 마른 풀숲 속에 붉게 돋아 있는,

저 뜨거운 숨결 하나.

연탄

다 탔네

눈부신 분신이네

흰 눈의 겨울, 고드름 열매 따뜻이 익는 겨울을
위해

아궁이 속에서 하얗게

재만 남겼네

헛꽃에게

고맙구나. 빈약하고 못생긴 꽃을 위한 너의 노고에 헐한 삯 치르는 이 하나 없어도 너는 얼굴 한 번 찡그리지 않는구나. 묵묵히 너의 길만 걷는구나. 그래, 그런 땀방울들이 없었다면

어찌 뭇 생명들이 살리.

숲이 초록으로 무성하리.

화음

거미줄에 맺힌 물방울들,
꼭 앉으면 안 될 의자에 앉은 것 같다.
거미줄이 젖으면 벌레 하나 못 올 것인데
그러면 거미는 굶어야 할 터인데
물방울은 그런 걱정 가득한 눈빛 같다.
그러나 거미는 짐짓 딴청이다.
얼마든지 앉았다 가라는,
떠돌다 갈 곳 없으면 언제든
다시 찾아오라는, 그런 표정이다.

저만큼 아침 햇살이 싱긋 웃고 있다.

해설

텅 빈 중심의 감응

구모룡(문학평론가)

한 생을 완성하고 자신은 빈 껍질로만 남긴

저 꿈의 거푸집을─. (「빈 껍질」에서)

김신용 시인의 제11시집 『등꽃 아래』는 마지막 유
고시집이다. 먼저 세 편의 메타시가 눈길을 끈다.
「가시의 시」와 「둥지의 시」와 「양파의 시」를 통하여
노경에 펼친 시적 지평을 이해할 수 있겠다. 「가시의
시」는 "탱자나무의 가시"를 들어 사물을 만나고 사
유하는 양상을 말한다. 사람들은 굵고 날카로운 가
시를 지닌 탱자나무를 "담장에 꽂힌 유리 조각"이나
"얽힌 철조망"처럼 울타리로 사용한다. 인간중심의
시각으로 수단화하고 도구화한다. 정작 "그 가시가
날카로운 것은 무엇을 찌르기 위해서가 아니라, 스

며든 물기 한 줌 햇살 한톨//오래 간직하기 위함"이고 "열매 하나 따뜻이 익히기 위함"이다. 이러한 인식을 바탕으로 시인은 표제가 말하듯이 "가시의 시"라는 시적 지향을 드러낸다. 이는 오도된 지각을 날카롭고 아프게 각성하고 사물의 편에서 감응하고 공명하려는 역설을 내포한다. 「둥지의 시」도 "그러나"를 매개하는 역설의 문법을 지닌다. "옹이가 빠진 뒤의, 저 나무의 빈 구멍"은 "한때"의 "상처"이고 "달빛 한 점 흘러들지 않는 빈집"이었지만 "그러나 언제부턴가 새 한 마리 찾아들었고" 이는 "숨결"이 되고 "빈 목관에서 차오르는 음악"이 된다. 부랑과 버려짐과 집 없음을 경험하며 시를 써온 시인이 당도한 둥지의 시학이다. 실제로 빈집을 찾아서 자연 사물과 함께 살아왔기에 둥지는 집의 의미를 훌쩍 넘어선다. 순차적인 배치는 아니지만 「양파의 시」는 앞선 두 편의 지향을 아우르며 시적 궁극을 상기한다. "양파"를 "한 꺼풀씩 벗기다 보면/언제나 그 끝은, 텅 비어" 있는데 이는 "질문을 요구하는 질문"이나 "끝없이 묻는 것이 답인" "생의 질문처럼" 텅 빈 중심의 시학을 의도한다. 끊임없이 마음의 끝 간 데에 이르려는 수행에 다를 바 없다. 굳이 무위와 무명을 말하지 않아도 되겠다. 하지만 다음과 같은 시편이 있다.

물에 비친 형상은//명명하는 순간, 지워진다//아무런 의미 없음의 의미는//그렇게 물의 그림자로 흘러간다//바라보는 순간의 아름다움,//이름 짓지 않은 것들의 이름—. (「물그림자 1」 전문)

언어는 존재를 드러내기에 턱없이 부족하다. 오히려 "명명하는 순간" "물에 비친 형상"처럼 본디의 모습은 사라지고 만다. 그렇게 언명하면 소유가 되고 존재는 사라진다. 그러므로 그 스스로 현현하는 형상은 "아무런 의미 없음의 의미"와 같아서 "그렇게 물의 그림자로 흘러"갈 따름이다. 무위의 아름다움은 "이름 짓지 않은 것들의 이름"인 무명이다. 「양파의 시」가 더 나아간 형국인데 단지 생의 덧없음을 반영하지만 않는다. 이보다 상처를 지니고 고통을 겪은 노경의 시인이 드러내는 아름다움에 관한 민활한 감각이 돌올하다.

"물고기의 무덤은 물이다.//물의 눈에도 눈꺼풀이 없다."라는 「물고기 무덤」의 진술은 만물의 근원인 물의 도를 말한다. 죽음이 생의 한 형식이라는 인식이 물고기와 물의 관계로 나타난다. 그러나 "눈꺼풀"을 지닌 인간은 죽어서 눈을 감는다. 순환하는 물처럼 죽음을 관조하기 쉽지 않다. 「수의 1」을 통하여 시인은 화자의 목소리로 "혹시 남은 게 있어요?//이 옷에는 호주머니가 없어요."라고 말한다. 무소유의 태도가 분명하다. 이어서 「수의 2」는 "풀의 실로 만들어져 삭으면 흔적도 없이 흙으로 돌아가는 것//흙으로 돌아가 다시 풀의 옷이 되는 것"이라고 진술하며 "수의"를 매개로 삶과 죽음을 "풀"과 "흙"의 생성 관계로 표현한다. 고통의 경험이 아름다움을 알게 한다면 죽음의 인식은 존재의 깊이를 형성한다. 노경을 맞은 김신용 시인은 존재의 아름다움을 절실하게 지각한다. 가령 「육필의 서(書) 1」에서 "고목이 된 등나무를 보면, 전신이 뒤틀린 채 바위처럼 굳은 등나무를 보면, 일생을 노동으로 늙은 몸이 떠오르지만" "이 세계를 끌어안고 무겁게 땀 흘린//그 삶의 시간들이, 혼의 근육으로" 꿈틀거림을 안다고 말한다. 이와 같이 그의 시편에 담긴 이미지들은 생애의 흔적들을 드리우면서 "혼의 근육으로" 존재의 비의를 드러낸다. 「겨울의 선(線) 1」과 「겨울의 선(線) 2」는 생의 감각이 은유가 아니라 직접적인 직유로 표출되는 사태를 보여준다. 그만큼 사물과 간격 없이 조응하는 장면이다.

씨 다 떠나보낸 뒤, 물기 하나 없이 마른 강아지풀들/살 다 주고 오직 뼈만 남긴 몸의 골격미(骨格美) 같다//수고했다, 수고했다//서로의 뼈를 한없이 쓰다듬는, 그 손길 같다 (「겨울의 선(線) 1」 전문)

"마른 강아지풀들"에서 "오직 뼈만 남긴 몸의 골격미"를 발견하는 감각이 선연한데 "서로의 뼈를 한없이 쓰다듬는, 그 손길"이 경이롭다. 「겨울의 선(線) 2」는 앞서 언급한 「수의 2」와 연결된다. "바람에 흔들리는 마른 풀들의 곡선, 꼭 수의의 춤을 닮았다. 풀의 실로 짜여져, 삭으면 곱게 흙으로 돌아가는//흙으로 돌아가, 한없이 평화로운//그 옷의 춤을 닮았다."라고 진술하고 있다. 이처럼 직유의 수사학은 민활한 존재 감각의 매개 없는 움직임에 상응한다. 「인동꽃 소묘」는 "인동꽃을 보면, 가늘고 섬세한//그 꽃의 곡선을 보면,//꼭 꽃의 발레 같다"라고 말하고 「일렁임, 일렁임들 1」은 "물속을 일렁이는 것을 보면 꼭 무슨 말을 하고 있는 것 같다. 저마다의 몸짓으로 무슨 말을 건네고 있는 것 같다"라고 느낀다. 사물이 존재를 부르고 말을 건네며 서로 교응한다. 따라서 "내 슬픔의 눈빛도 저는 알고 있는지 마치 가슴속 울먹임 같은 몸짓을 닮아 있는 물속의 일렁임들"이라는 표현을 공명하게 된다. 환기하고 상기하며 "낮은 바닥에서 더 낮게 고인, 저 눈빛들"의 내재성에 가닿는다. 이처럼 직유의 시법은 사물과 존재가 서로 물들고 눈빛으로 감응하는 무매개의 과정을 잘 드러내며 「일렁임, 일렁임들 2」에 이르러 "세상의 모든 것이, 몸에 자동기술의 푸른 지느러미를 가진 존재라는 것을" 알려준다. 김신용은 에세이 「시멘트 침대」(『저기 둥글고 납작한 시선이 떨어져 있네』, 시산맥사, 2019.)에서 다음처럼 진술하고 있다. "나는 논둑길에 앉아 수로를 내려다본다. 지느러미를 가진 살아 있는 것들이 어룽거린다. 물속의 살아 있는 것들의 어룽거림이 어떤 무늬로 흔적으로 다가온다. 아직 살아 있다는, 어떤 눈빛으로 다가온다. 나는 그 눈빛을 내가 만나고 온 눈빛으로 읽는다. 그 무늬를 흔적을 상처받은 이의 눈빛으로 받아 적는다. 자신을 파괴하지 않으면 삶이 돋아나지 않는 이의 눈빛으로, 이해한다. 그리고 나는 기록한다. 나는 시인이므로 시로 기록한다." 이처럼 생의 상처와 슬픔을 품은 이가 모든 생명을 가진 존재와 교감하는 과정을 말한다. 배고픔과 가난, 기아와 부랑, 무주와 방랑의 삶을 경험하고서 당도한 시적 지평이다. 따라서 그가 말하는 자동기술은 초현실의 방법이 아니라 실재의 현현이다.

사물과 몸이 만나 스미고 물드는데 「발광체」가 말하듯이 "물은 결코 '내게 좀 더 빛을!' 하고 손 내밀지" 않으며 "반사체가 스스로 와서 스미도록 품을 내줄 뿐"이다. "물의 영혼"과 '나'는 애니미즘처럼 연결되어 "실버들의 가지들"을 보면서 "허공에 무수히 돋은 실핏줄"이나 "꿈의 모세혈관"(「실버들」에서)으로 지각하는 일이 결코 낯설지 않다.

김신용의 이미지 사유는 「그늘 소묘」와 같이 은유를 넘어서 실재를 직접 현현하려 한다. 짙은 "등나무 그늘"을 "빽빽한 육필", "온 육신을 비튼 사유가 길어올린//혼의,//자서전"이라고 하였는데 단순한 은유를 초과하는 이미지의 움직임이 있다. 이래서 은유보다 직유에서 현현으로 나아가는 과정이 중요한데 「꽃의 크레인」에서 화자는 "무거운 돌의 무게도 가볍게 들어 올리는 쇠의 팔뚝"을 지닌 크레인에서 "나비의 유전자"나 "어떤 중력도 가볍게 파동치게 하는, 공기의 근육"을 느낀다. "그래, 오늘도 꿈을 짓누르고 있는 현실의 두께 같은 암반을 들어 올려, 아득한, 깊이 모를 바닥의 심연에서 거대한 삶의 이미지를 끌어 올리는//상상력의 눈빛을 닮은,/저 크레인"이라는 표현을 통하여 생의 무거운 중력을 이긴 은총의 이미지를 만난다. 이러한 사태는 「다리미의 생」에서도

"몸속의 뜨거운 숯불이 자신의 살아 있는 삶의 징표인 다리미"는 "만약 몸속의 숯불이 꺼지면 스스럼없이 마루 밑이나 구석진 곳의 적막 속으로 걸어 들어가 고요히 녹슬어" 가는 형국인데, 화자는 "다리미"의 생애에서 "불이 아니라 불(佛) 같은" 표정을 읽는다. 이와 같은 사물 이미지의 시법은 "돌"에 핀 "꽃"에서 "의식의 밑바닥에서 떠오른" "그리움의 무늬"(「돌꽃」에서)를 보고 "숲의 나뭇가지 사이에 얹혀 있는 조그만 새의 집"에서 "웅크린 난생(卵生)의 몸에 핏줄 돌게" 하는 "체온"(「새의 집」에서)을 느끼게 한다. 자연 사물은 「색 계」가 말하듯이 "도무지 언어로//표현하고 싶지 않은" "그 알몸의 색채에 감전돼,//숨이 멎는 듯한, 순간"으로 출현하거나 「母法 1」이 전하듯이 "암컷이 죽으면/수컷이 암컷으로 변해 알을 낳고/새끼들을 기르는 물고기"인 "흰동가리"가 보이는 경이로운 사건으로 인식된다. 또한 사물들은 「물의 지문」에서 "빗방울이 만들어 내는 동심원들, 작은 파문들"이 "마른 풀의 눈시울을 적시는, 물의 숨결들"과 무연하지 않듯이 모두 동등한 행위자로 동참한다. 시인은 인간중심의 자본주의 도시에서 벗어나 모든 사물이 서로 연계하는 새로운 물질의 세계로 시적 전회를 이룩하였다.

　　김신용은 필립 라쿠 라바르트가 파울 첼란을 말하면서 쓴 개념인 '경험으로서의 시(poetry as experience)'를 썼다. 철저하게 경험의 바탕 위에서 그것을 표출하려는 욕구는 기억을 상기하는 방식을 지속하였다. 제1시집 『버려진 사람들』(1988)과 제2시집 『개같은 날들의 기록』(1990)은 직접 겪은 일과 구체적인 삶을 표현하는 시편들로 엮였다. 김신용의 시적 변화가 나타나는 지점은 제3시집 『몽유 속을 걷다』(1998)라고 할 수 있다. 생활세계의 변화와 맞물려 시적 지평이 상처와 고통, 트라우마 등 과거의 깊이에서 놓여나 일상과 사물과 함께하는 태도로 나아가고 있다. 기지와 미지 사이에서 김신용이 전개하는 시적 변증법은 제4시집 『환상통』(2005)을 경유한 뒤에 제5시집 『도장골 시편』(2007)에서 삶을 보다 관조하는 형태로 나타난다. "도장골은 충주 인근에 있는 작은 산골 마을"이고 "이곳으로 이사를 한 것은 2005년 삼월 말경"이다. 2005년 『환상통』을 내고서 "충북 영동의 약목"으로 갔다 "이십여 일 만에" 옮긴 장소이다. 이러한 사연을 에세이 「도장골 이야기」(『저기 둥글고 납작한 시선이 떨어져 있네』)가 전하고 있는데 이곳에서 열 달을 지낸 경험시편들이 시집 『도장골 시편』으로 모였다. '도장골'에서 나와 소래포구가 가깝고 갈대밭과 염전을 폐한 뒤에 남겨진 소금창고가 있는 '섬말'에서 생활하며 제6시집 『바자울에 기대다』(2011)를 위시한 명편들을 제7시집 『잉어』(2013), 제8시집 『비는 사람의 몸속에도 내려』(2019), 제9시집 『너를 아는 것, 그곳에 또 하나의 생이 있었다』(2021), 제10시집 『진흙쿠키를 굽는 시간』(2023) 등으로 묶었다. 김신용이 이룩한 경험시의 지평은 괄목상대할 일이며 유고인 제11시집 『등꽃 아래』를 통하여 그 진경과 만난다.

지난날, 부산 동광동 산동네에서 연탄 배달을 하던 젊은 시절. 찬 바람이 불어오는 좁고 가파른 골목길이 너무 무거워 연탄 지게를 내려놓고 잠시 쉴 즈음, 한 아이가 갓 구운 고구마 하나를 내 손에 건네주며 부끄러운 듯 웃었다. 그때 내 손에 쥐어졌던 그 따뜻한 온기가 지금도 추운 겨울이면 아궁이의 연탄불이 되어 타오르곤 한다. (「연탄불」 전문)

부산 초량은 김신용 시인의 고향이다. 「헌책방」이 전하듯이 "보수동 헌책방 골목"에 깃든 추억은 그의 문학 밑자리에 내재한다. 열네 살에 풍비박산이 난 삶은 고통의 연속이었지만 버려지고 뿌리 뽑힌 가운

데서 그는 늘 인간의 "따뜻한 온기"를 찾고 잃지 않으려 했다. 일찍 맞은 세계와의 단절에서 비롯한 생의 비극성의 인식은 그에게 서정적 비전을 지니게 한다. 가난한 삶의 고투 속에서 따뜻한 등불을 들고자 하였다.

저 등꽃, 환하다.//제 그늘 너무 짙어 등 하나 켜 놓은 것 같다.//빈자(貧者)의 일등(一燈)도 저와 같을까?//대낮에도 밝게 켜 놓은//저 등, 아래 서면//그래, 누군가 발 헛디딜 이 없겠다 (「등꽃 아래」 전문)

사물과 만나면서 그 사물의 부름에 이끌리고 내부의 기억을 환기하면서 존재를 환히 밝히는 안팎의 교섭하는 과정이 표출되어 있다. 제11시집의 표제에 상응하듯이 시인은 화해와 합치, 낙관과 긍정의 지평 위에 있다. 그만큼 "빈자(貧者)의 일등(一燈)"과 같은 삶의 수행과 공력이 쌓인 이후이다. 서로 조응하는 관계는 지배적인 중심이나 외부가 없을 때에 가능하다. 가령 「물의 문신」은 "물에도 숨결이 있다. 눈빛이 있다. 물의 주름이 아니라, 빗방울이 만들어내는 동그란 파문 같은 것이 아니라, 수면에 드리워진 나무의 그림자, 구름들, 물끄러미 들여다보고 간 누군가의 얼굴이다"라고 진술한다. "수면에 떨어진 나뭇잎 하나의 기억으로 마치 아픈 문신이듯" 신체로 감응하며 기억한다. 자연 사물은 서로 목적도 수단도 아니며 존재의 원인도 아니다. 「감자꽃 소묘」에서 "그 감자 꽃밭에 서면,/이미 씨눈을 가진 구근을 위해/작은 바람결에도, 스스로 꽃대를 꺾는/적화(摘花)의 몸짓들로 만개해 있다"라고 하듯이 스스로 생육에 동참한다. "서로가 서로의 벽이 되어주는, 그 혼신의 포옹"(「육필의 서 2」에서)과 "상처를 깁는 손길"(「푸른 손」에서)로 대대(待對)의 관계를 형성한다. 「새의 의자」, 「여울」, 「불빛 따라」가 말하듯이 사물들은 상호 연관성 속에서 공생, 공존, 공락한다. 먼지 속에도 우주가 있다는 '고상한 제유'는 "알에서 올챙이들이 깨어"나는 모습을 "빅뱅"의 "쬐그만 초신성들의 폭발"에 견주어 "누가 이것을 한낱 티끌 같다고 하는가?"(「탄생」에서)라고 묻게 한다. 이와 같은 사유의 수사학은 「풀의 의자」처럼 경쾌하고 「연(緣)」처럼 말장난(pun)하듯 가볍게 발화하게 한다. "연(蓮)을 심으면, 오염된 탁한 물도 맑게 걸러진다.//저 연(鳶)이 핀, 공중의 물빛도 시리도록 맑다." 세 개의 연이 서로 이어진다. 어떠한 미물도 소중한 경배(「헛꽃에게」에서)의 대상이며 "거미줄에 맺힌 물방울들"과 "아침 햇살"

(「화음」에서)처럼 함께 어울리지 않는 사물이 없다.

"세상에 버려진 삶은 없다"(「깃털의 꿈」에서)라는 시적 진술이 말하듯이 김신용의 존재론은 심오하다. 「밤과 사물 1」과 「밤과 사물 2」의 연작에서 사물은 시인에게 놀람과 축복 그리고 영성을 전하면서 존재의 행복에 이르게 한다. "캄캄한 밤의 어둠 속에서 한 줄기 빛"의 "살아 있는 형상"인 "얼굴"을 보거나 "캄캄한 우주의 공간을 쉼 없이 걸어오는 빛의 발자국을 상상해 보는 순간"이 그러하다. 어쩌면 시인은 양자시학을 넘겨 본 듯도 하다. 하지만 그에게 위로의 초월은 없다. 아래로부터 "깊은 지층에서 솟구쳐 올라 닫힌 돌의 문을 열고//뜨거운 숨결을 터트리게 하는"(「숨 터」에서) 삶의 의지를 주목한다. "사는 일이 서로가 물과 그림자로 만나서 서로를 지우며 흘러가지만, 아득한 기억의 저편에서는//또 한 몸으로 흐르는"(「투영」에서) 존재의 감각이 뚜렷하다. 오래도록 낮은 데서 비천과 비참과 더불어 살아온 시인이므로 "존재에의 향수"(「밤의 집」에서)를 지울 수 없다. 또한 "보이지 않는 수면 아래의 통증"과 "그리움이라는 이름의, 섬"(「섬」에서)을 망각할 수도 없다. 「옹이 7」이 말하듯이 "상처"의 기억이 있으므로 "먼 바다의 속삭임이 커진다". 사물과 존재를 연결하는 생의 감각은

고난을 겪은 이일수록 더욱 빛난다.

> 목어를 보면//속이 텅 빈 목어를 보면//꼭 제 몸 울려 새를 날려 보내는 손길 같다//보이지 않는 새,//그러나 고해(苦海)의 홍수 속에서//푸른 잎을 물고 올, 새―. (「목어(木魚)」 전문)

시인은 "고해(苦海)의 홍수 속에서" "푸른 잎을 물고 올, 새"를 갈망한다. 그리고 그 "새를 아느냐"고 묻는다. 「둘레춤」이 말하듯이 공생과 공존과 공락의 원무를 그리는 '서로 삶'의 세계는 김신용 시인의 궁극적인 지향이다. "온몸에 문신으로 새겨진, 그리움"(「물그림자 2」에서)처럼 시인은 한 생애를 살다 갔다. 이제 그의 시세계는 '흐르는 산'과 같이 우리 앞에 서 있다.